Nancy Mc

mika

À dos de poney

Illustrations
 Marion Arbona

Dominique et compagnie

Pour Amélie et Liliane
qui adorent les poneys.

Les personnages

Lanie

C'est moi, Lanie! J'adore les chevaux. Chaque fois que j'ai du temps libre, je cours à l'écurie pour retrouver Mika.

Maman

Depuis que je m'occupe de Mika, ma gentille maman achète toujours des carottes et des pommes pour que je les offre à ma ponette!

Papa

C'est le plus merveilleux des papas! Il aime me faire des surprises. Comme un cerf-volant en forme de libellule…

Mika

Ma petite ponette d'amour!
J'adore te rendre visite.
Brosser ta robe magnifique.
Te parler. Et faire des
balades sur ton dos!

Tania

Tania ne connaît pas
les chevaux. Je vais devoir
lui expliquer tout ce que
je sais sur Mika!

Madame Laura

Notre gentille voisine
habite à l'autre bout
de notre rang.
Elle m'apprend comment
bien m'occuper de Mika.

Chapitre 1

Un réveil
en chanson

Depuis que j'habite
à la campagne, il y a
une troupe de petits
chanteurs qui me réveillent
chaque matin. Un de
ces oiseaux se pose

toujours sur le rebord
de ma fenêtre. Il babille
jusqu'à ce que j'ouvre
le rideau, puis il s'envole.
Ça me donne le goût
de chanter, moi aussi.

Ma mère me dit alors:

– Lanie, il est bien trop
tôt! Retourne te coucher,
mon coquelicot.

Les oiseaux n'ont pas
de montre ou de cadran.

Ils ont de la chance!

Moi, ce matin, j'ai très

hâte de me lever, alors

je m'habille et je me glisse

à pas de loup hors

de ma chambre. Mon père

me demande d'une voix

étouffée :

– Où vas-tu comme ça?

– À l'écurie!

J'ai une amie qui m'attend

là-bas. Elle s'appelle Mika.

C'est une adorable ponette. Elle a été adoptée par notre voisine, madame Laura, qui habite à l'autre bout du rang. Madame Laura me permet de visiter Mika aussi souvent que je le veux. Je l'aide à nettoyer sa stalle. Je brosse la ponette. Je tresse sa crinière. Parfois, je peux la monter,

mais seulement lorsque
madame Laura est là.

J'ai très hâte de montrer
à ma ponette le cadeau
que mon papa m'a offert!

Un magnifique cerf-volant!

Chapitre 2

Une inconnue
sur la clôture

Je glisse deux pommes

dans mes poches et

je prends mon cerf-volant.

Ensuite, je trotte gaiement

jusqu'à l'écurie de madame

Laura. Les vingt-six vaches

de monsieur Gustave
me regardent passer.

– Bonjour, les vaches!
Vous avez vu mon joli
cerf-volant?

Il y en a une qui vient
toujours me saluer près
de la clôture. Elle lance
un «meuhhh» retentissant.
Je lui souris. Je crois que
ça veut dire *bonjour!*

Juste avant d'arriver
à l'écurie, il y a de grands
arbres qui se dressent
de chaque côté de
la route. Leurs branches
touffues se rejoignent
pour former une arche
verdoyante. Ça ressemble
à un passage secret.
De l'autre côté, je remarque
quelque chose sur le bord
de la route.

Quelque chose de rouge.
On dirait… un vélo.
J'avance encore et
je découvre une fille assise
sur la clôture. Elle caresse
Mika entre les oreilles
et ma ponette semble
beaucoup apprécier ce
geste! Je n'en crois pas mes
yeux! Ma bonne humeur
s'évapore aussi rapidement
qu'un brouillard matinal.

– Qu'est-ce que tu fais là ?

– Ah ! Bonjour ! me répond la demoiselle.

Tu parles d'une explication ! Cette fille ne semble pas du tout comprendre qu'elle n'a pas affaire ici. Je décide de l'ignorer.

Je prends ma voix la plus douce et j'appelle ma ponette :

– Salut, Mika, je t'ai

apporté une pomme.

Tu viens me voir?

Les poneys ont toujours

faim. Ils passent presque

tout leur temps à manger.

Mika s'approche aussitôt.

Seulement voilà,

elle avale la pomme en

deux bouchées. Perchée

sur la clôture, l'inconnue

rit en regardant la ponette

se régaler.

Cette fille a des cheveux

très frisés et très noirs,

et la peau joliment tannée.

Je me demande si elle
vient d'Afrique…

En tout cas, elle parle
la même langue que moi.

J'espère qu'elle
ne me volera pas
mon amie !

Chapitre 3

Une ponette en robe fleurie !

– Je m'appelle Tania,
me dit la fille. Et toi?

– Lanie.

Tania me regarde
en souriant. J'en profite
pour la questionner:

– Est-ce que tu viens
de déménager
à la campagne, toi aussi?

– Non, j'habite en ville.
Je suis en visite chez
mon grand-père.
De temps en temps,
je passe la fin de semaine
ici. Papi Thomas m'a dit
que madame Laura avait
adopté une jolie ponette.
Je vois que vous vous

entendez bien
toutes les deux.

– Tu connais un peu
les chevaux ?

– Pas du tout ! Et toi,
Lanie ?

– J'aide madame Laura à s'occuper de Mika. Cette ponette est une vedette de cirque, tu le savais ?

– Non.

Mika pose sa tête sur mon épaule. Ça me réconforte même si je sais qu'elle espère seulement que je lui offre ma deuxième pomme.

Je la caresse tendrement
en disant :

— C'est ma ponette
d'amour. Je la brosse
presque tous les jours.
Elle a une robe magnifique.

— Elle a une robe !
s'exclame Tania. Je savais
que les vedettes ont parfois
d'étranges caprices,
mais tout de même !
Ça ne doit pas être

évident de lui enfiler
une robe !

J'observe Tania avec
des yeux ronds. Imagine-
t-elle réellement Mika
avec une robe fleurie
sur le dos ? Je lui explique :

– En fait, la robe
d'un cheval désigne

sa couleur. Un cheval peut
être gris, blanc, noir,
alezan, bai, pie… Je ne
les connais pas toutes.
Mes parents m'ont offert
un livre qui explique tout ça.

   Mika me bouscule avec
sa grosse tête.

   – Lorsqu'elle fait cela,
ça signifie qu'elle veut
se reposer. Je vais
la conduire à l'écurie.

Tu devrais rentrer chez ton papi, Tania.

– D'accord !

Tania descend agilement de la clôture. Je ne m'attendais pas à la voir partir aussi rapidement.

– Lanie, ça te dirait de faire un pique-nique avec moi ? me lance-t-elle. Je vais aller chercher une collation !

– Euh ! c'est parce que je voulais faire voler mon cerf-volant …

Tania n'entend pas ma réponse. Elle file comme une fusée rouge sous l'arche verdoyante.

Chapitre 4

Dans les champs

Tania a disparu… Ce qui compte, c'est que je suis enfin seule avec Mika! Je fais passer mon cerf-volant par-dessus la clôture, puis je l'enjambe à mon tour. La ponette me suit

docilement jusqu'à
l'écurie. Je trouve madame
Laura en train de repeindre
une porte.

Ma gentille voisine se lève très tôt parce qu'elle a toujours un tas de choses à faire.

– Bonjour, Lanie ! Tu veux bien emmener Mika dans le troisième champ ? Je ne voudrais pas qu'elle gâche tout mon travail.

– Avec plaisir !

Sans perdre une minute,
je conduis Mika vers
la barrière.

Quelle formidable
journée !

J'aime marcher
lentement dans le pré
avec ma belle Mika.
Elle s'arrête ici et là pour
brouter une petite tige
qui lui paraît appétissante.

Nous traversons
une seconde barrière.
Dans le troisième champ,
l'herbe est plus haute et
me chatouille les jambes.

Tout à coup, nous
entendons un air joyeux.
Mika dresse les oreilles,
puis elle galope jusqu'à
l'autre bout du champ.
Moi, je m'élance pour
la rattraper. J'espère que

ma ponette ne va pas
s'enfuir!

À la lisière de la forêt,
près de la clôture, il y a
un arbre tout fleuri. De loin,
on dirait qu'il est couvert
de boules de ouate.

Et en dessous, il y a quelqu'un…

Chapitre 5

Sous l'arbre fleuri

C'est Tania !

En m'approchant, je vois

qu'elle joue de la flûte,

assise sur une grande

nappe.

— Mika a l'air d'aimer

la musique, me lance Tania.

Viens, Lanie ! J'ai apporté
une super collation.

En tout cas, une chose
est sûre, Mika adore
les pique-niques !

Ma ponette se roule
sur la nappe et se redresse
en s'assoyant comme
le ferait un gros chien.
Tania et moi rions aux éclats.

– Mika ! Tu prends toute
la place !

Tania sort de son sac
à dos des muffins,
des fraises du jardin
de son grand-père
et du lait au chocolat!

Elle a même pensé à Mika qui se régale de carottes. Tania est vraiment gentille. J'ai honte d'avoir voulu garder ma ponette juste pour moi.

Je la remercie, puis je lui demande :

— Comment as-tu fait pour nous trouver, Tania ?

— En sortant de la maison de mon papi, je t'ai vue

traverser le champ. J'ai pris

un raccourci par la forêt

pour vous attendre ici !

   Lorsque nous avons

terminé de manger,

Tania range les contenants

de plastique dans son sac

à dos.

   Elle me dit :

   – Et si tu faisais voler

ce cerf-volant…

   – Bonne idée !

Je bondis sur mes pieds et je cours jusqu'au milieu du champ. J'aurais préféré que Mika reste sagement auprès de Tania, mais elle me suit comme mon ombre.

J'ai peur qu'elle s'emmêle dans le fil et qu'elle abîme mon beau cerf-volant.

Chapitre 6

À la poursuite du cerf-volant

J'attends le bon moment. Aussitôt qu'une bourrasque surgit, je lève mes deux bras dans les airs et je lance mon cerf-volant. Le vent l'emporte rapidement

et le fil se déroule à toute
vitesse. Une énorme
libellule s'élève dans
le ciel. Au loin, j'entends
Tania qui applaudit.
Seulement, voilà, Mika
se dresse sur ses jambes

de derrière comme si elle
voulait attraper mon cerf-
volant. C'est la première
fois que je la vois faire ça.
Est-elle en colère?

Mika avance vers moi,
immense et
menaçante.
Je recule,
mais le cerf-
volant me tire
vers l'avant.

Sans le vouloir, je lâche
la corde et mon cerf-volant
s'envole vers la forêt.

Mika se lance à sa poursuite.

Je crie :

– Mika !

Mais elle ne m'écoute pas.

J'entends Tania qui hurle :

– Dépêche-toi, Lanie !

Je vois ma nouvelle amie
rouler la nappe et la glisser
dans son sac à dos.

En relevant la tête,
je remarque que mon cerf-
volant fait du surplace.

Je crois qu'un arbre
l'a attrapé. Je file vers
la clôture.

En me rejoignant, Tania
me dit :

– Mika a sauté
par-dessus.
Elle est partie
dans la forêt.

– Il faut la retrouver!

– Je vais laisser mon sac
à dos ici. Allons-y!

Nous courons dans
le sous-bois aussi vite
que possible.

Nous zigzaguons
entre les arbres. Nous
contournons les buissons
piquants.

Aïe! L'un d'eux me griffe
les jambes!

La forêt est sombre.

Les branches feuillues

masquent le ciel.

   Il n'y a que quelques

trous ici et là, par lesquels

les rayons du soleil se glissent. Heureusement, sinon on pourrait croire que la nuit tombe déjà ! Tout à coup, j'entends un bruit. Et si c'était un loup ? Un ours ?

Le bruit se rapproche. Mon cœur bat à toute allure.

Tania me prend la main et me regarde. On dirait

qu'elle n'a pas peur

du tout.

Chapitre 7

Un croissant de lune

Maintenant, je comprends pourquoi mon amie n'a pas peur! C'est Mika qui apparaît sur le sentier! Elle nous regarde derrière sa longue crinière.

J'essaie de ne pas lui montrer ma colère parce que je ne veux pas qu'elle s'enfuie à nouveau. S'il fallait qu'elle se perde dans cette vaste forêt...

Ma ponette vient nous rejoindre. Elle me pousse avec sa grosse tête.

Je lui dis :

– Tu veux qu'on te suive, Mika ?

J'avais raison ! On dirait que ma ponette se prend pour notre guide.

J'espère qu'elle nous ramènera sous l'arbre fleuri parce que je me sens un peu perdue, ici. Mais Mika s'arrête plus loin devant un arbre gigantesque.

— Incroyable ! s'exclame Tania.

Elle tourne autour de l'arbre et caresse son tronc gris. Puis, elle me fait signe d'approcher.

– L'été dernier, papi Thomas a voulu me

montrer le plus vieil arbre
de la forêt. Nous avons
marché longtemps, mais
il ne l'a pas retrouvé. Je suis
certaine que c'est celui-ci.
Regarde, Lanie. Il porte
une marque.

En effet, il y a
un croissant
de lune gravé
dans l'écorce.

– Lorsque mon grand-père était un petit garçon, il gardait des moutons.

Il les conduisait au pré pour qu'ils puissent brouter. Il n'y avait alors qu'un seul arbre ici, un hêtre, et il était assez grand pour procurer un peu de fraîcheur à un petit garçon et à ses moutons.

Je pose ma main sur l'arbre immense.

J'écoute le bruissement
de son feuillage.

– Papi Thomas m'a
raconté qu'autrefois
il y avait des fées au fond
des bois, continue
mon amie. La nuit,
elles venaient danser
autour de cet arbre.
Tania se penche vers moi
et murmure à mon oreille :

– Il paraît qu'elles provenaient d'un rayon de lune.

Un léger frisson glisse dans mon dos. Tania me sourit. On dirait qu'elle

pense la même chose que
moi.

Nous observons
attentivement les environs,
mais aucune fée n'apparaît.

Tania murmure :

— De toute façon, les fées
n'apparaissent que la nuit.

Mika choisit ce moment-là
pour nous faire sursauter
toutes les deux.

Chapitre 8

Sur le dos de Mika

Mika hennit bruyamment à quelques centimètres de nos oreilles.

Avec sa tête, elle nous pousse toutes les deux vers le chemin que nous avons quitté. Ensuite,

elle se met à trotter

en se retournant de temps

en temps afin de s'assurer

que nous la suivons bien.

– Elle se prend vraiment

pour notre chef! s'exclame

Tania, essoufflée.

Tout à coup,

Mika se cabre…

comme si elle avait vu

un cerf-volant!

En effet, au-dessus

de nos têtes, il y a

une grosse libellule.

– Bravo, Mika !

Tu l'as retrouvé !

La ficelle de

mon cerf-volant est

retenue par un arbre.

Tania m'aide à me hisser

sur la branche la plus

basse, puis je grimpe toute

seule pour décrocher

mon cerf-volant. Je me
sens agile comme un petit
singe ou… légère comme
une fée !

Une fois redescendue,
je montre ma libellule
à Tania.

– Oh, non! se désole
mon amie. Une des ailes
est déchirée.

Ma jolie ponette
s'agenouille alors devant
moi. Est-ce sa façon de
me demander pardon?

Après tout, c'est
de sa faute si j'ai lâché

la corde de mon beau cerf-volant.

Soudain, je comprends :

– Elle veut qu'on grimpe sur son dos !

– Tu crois ? me dit Tania.

– Oui !

Nous voilà, Tania et moi, sur le dos de mon amour de poney !

Chapitre 9

L'explication

J'ignore pourquoi Mika voulait nous ramener sur son dos. Peut-être qu'une petite fée lui a chuchoté qu'il était temps de retourner dans le troisième champ... ou peut-être que

ma ponette gourmande

avait tout simplement

faim…

Je ne comprends pas

parfaitement le langage

des chevaux, mais je sais

que Mika apprécie
cette balade autant
que nous. Elle marche
paisiblement en hochant
la tête de temps
en temps. Elle suit
cette route oubliée
que la forêt a camouflée.

   Tout à coup, nous
entendons la voix inquiète
de madame Laura.

   – Laniiie! Miiika!

Les oreilles de la ponette
se dressent. Elle quitte
le chemin et pique à travers
la forêt pour regagner
le troisième champ. Oups !
Je me rappelle soudain
que je n'ai pas le droit
de monter Mika si madame
Laura n'est pas là.
Mais ma gentille voisine
est si contente de nous
voir apparaître de l'autre

côté de la clôture qu'elle
ne me gronde pas.

On dirait qu'elle est surprise
de voir Tania avec nous !

Sous l'arbre fleuri, nous
lui racontons ce qui est
arrivé.

Une question
me turlupine…

– Madame Laura,
pourquoi Mika s'est-elle
dressée sur ses pattes

arrière quand
j'ai fait voler
mon cerf-volant?
Est-ce qu'elle
était fâchée?

Madame Laura
réfléchit un petit moment.

– Non, Lanie. Mika est
une ponette très douce.
J'ai déjà assisté
à un spectacle équestre
et les chevaux se cabraient

lorsque

leur maître

levait

les deux

bras dans

les airs.

Je suis si heureuse

d'apprendre que Mika

voulait juste me faire

plaisir en dansant sur

ses jambes arrière !

Chapitre 10

Un petit spectacle

– Madame Laura, pensez-vous que Mika nous ferait un petit spectacle si je jouais un morceau de flûte ? demande Tania.

– On ne sait jamais !

Cette ponette a plus
d'un tour dans son sac,
répond ma voisine.

   Au son de la flûte,
Mika commence à trotter
et à bondir dans
tous les sens.

C'est vraiment une danse
étrange. Je l'applaudis.
Puis, je lui offre
la deuxième pomme
qui se trouve toujours
dans ma poche. Mika vient
la croquer dans ma main.
Tout à coup, elle se fige
et observe la forêt.

Madame Laura murmure :

— Entendez-vous quelque
chose ?

Tania et moi, nous n'entendons rien de spécial.

Mais le chant des oiseaux cache peut-être le rire amusé d'une petite fée !

Nancy Montour

Comme Lanie, Nancy Montour avait un rêve : écrire de belles histoires pour les enfants. Ce rêve se réalise avec *Entre la lune et le soleil,* gagnant du prix Henriette-Major, décerné à un nouvel auteur de littérature jeunesse par les éditions Dominique et compagnie.

Avec ce premier roman, Nancy Montour a aussi remporté le prix Cécile-Gagnon 2003.

L'auteure écrit désormais des albums et des romans qui font rêver petits et grands. Elle a notamment publié la série *Lorina, L'arbre à chats, Journal d'un petit héros* ou *La grande chasse au trésor de Millie et Alexis.*

Visite notre site Internet pour en savoir plus sur nos auteurs, nos illustrateurs et nos collections : **dominiqueetcompagnie.com**

Dans la même série

Un amour de poney

C'est moi, Lanie! Depuis que j'ai déménagé à la campagne, je rêve d'avoir un animal. En fait, je veux un cheval! Et je ferai tout pour l'obtenir. Même si mon papa ne veut rien savoir…

Les mots mystères de Mika

O	C	I	B	A	L	A	D	E
T	P	O	M	M	E	E	D	A
A	M	F	L	U	T	E	A	V
N	A	K	O	F	A	R	U	E
I	R	A	R	F	N	I	P	L
A	O	N	E	I	I	E	H	O
R	B	O	V	N	A	O	I	I
I	E	T	A	N	I	A	N	F
L	I	B	E	L	L	U	L	E
E	O	L	V	R	X	E	U	E

Mots à trouver :

flûte – muffin – balade – libellule – fée – vélo –
pomme – robe

Quand tu auras encerclé tous les mots, trouve le
prénom mystère qui apparaît 3 fois dans la grille.

Les devinettes de Lanie

1. Lequel de ces surnoms de fleurs est donné à Lanie par sa maman ?
★ Mon bouton de rose
★ Ma tulipe
★ Mon coquelicot

2. Combien de vaches possède monsieur Gustave ?
★ Trente-deux
★ Vingt-six
★ Vingt-huit

3. Parmi ces mots, lequel ne désigne par la couleur de robe d'un cheval ?
★ Pie
★ Alezan
★ Chocolat

4. Où madame Laura demande-t-elle à Lanie de conduire Mika ?
★ Dans sa stalle
★ Dans la forêt
★ Dans le troisième champ

5. Quelle boisson Tania offre-t-elle à Lanie ?
★ Du lait au chocolat
★ Du jus de pamplemousse
★ De la limonade

6. Quel est le bruit que Lanie entend alors qu'elle est dans la forêt avec Tania ?
★ Un loup qui approche
★ Le chant d'un oiseau
★ Les pas d'un poney

7. Lorsque le grand-père de Tania était petit garçon, il gardait un troupeau composé de quels animaux ?
★ De moutons
★ De chèvres
★ De vaches

8. Quand Lanie grimpe à l'arbre pour décrocher son cerf-volant, elle se sent agile comme :
★ Un écureuil
★ Un singe
★ Un chat

9. Pourquoi Mika s'est-elle cabrée quand Lanie a fait voler son cerf-volant ?
★ Parce qu'elle était fâchée
★ Parce qu'elle avait peur
★ Parce que Lanie a levé ses deux bras en l'air

10. Tania sait jouer d'un instrument de musique. Mais lequel ?
★ Une flûte
★ Un violon
★ Une guitare

Réponses : 1. Mon coquelicot ; 2. Vingt-six ; 3. Chocolat ; 4. Dans le troisième champ ; 5. Du lait au chocolat ; 6. Les pas d'un poney ; 7. De moutons ; 8. Un singe ; 9. Parce que Lanie a levé ses deux bras en l'air ; 10. Une flûte

Les muffins aux petits fruits de Tania

Tu peux demander l'aide d'un adulte pour t'aider à préparer cette recette (surtout pour mettre les muffins au four et surveiller la cuisson !)

Les ingrédients :

1 tasse de cassonade tassée
$\frac{3}{4}$ tasse de flocons d'avoine à cuisson rapide
$\frac{1}{3}$ tasse de son d'avoine
$\frac{1}{3}$ tasse de farine de blé
$\frac{1}{2}$ tasse de farine tout usage
1 cuillère à soupe de poudre à pâte
$\frac{1}{2}$ cuillère à thé de sel
$\frac{1}{4}$ cuillère à thé de cannelle
Zeste de citron ou d'orange
1 tasse de lait
$\frac{1}{4}$ tasse d'huile végétale
1 œuf
1 tasse de bleuets frais ou congelés

Comment faire :

Je demande à un adulte de préchauffer
le four à 200 °C ou 400 °F.

Dans un bol, je mélange les 8 ingrédients secs
et le zeste de citron ou d'orange.

 J'incorpore dans cette préparation
le lait, l'huile et l'œuf.

Je mélange le tout à l'aide d'une cuillère
en bois, jusqu'à consistance homogène.

J'incorpore délicatement les bleuets.

Je verse la pâte dans les moules à muffins
doublés de papier ciré.

 ★

Je fais cuire 20 minutes.

★

Miam ! Ça sent bon dans toute la maison !!!

**Catalogage avant publication
de Bibliothèque et Archives nationales
du Québec et Bibliothèque
et Archives Canada**

Montour, Nancy
À dos de poney
(Série Mika)
(Roman rouge; 70)
Pour enfants de 6 ans et plus.

ISBN 978-2-89686-665-6
I. Arbona, Marion, 1982- . II. Titre.

PS8576.O528A62 2013   jC843'.6
C2013-940458-9
PS9576.O528A62 2013

Direction littéraire et artistique :
Agnès Huguet
Révision et correction :
Danielle Patenaude
Conception graphique :
Nancy Jacques

Dépôt légal : 3e trimestre 2013
Bibliothèque et
Archives nationales du Québec
Bibliothèque et Archives Canada

Dominique et compagnie
300, rue Arran
Saint-Lambert (Québec) J4R 1K5
Téléphone : 514 875-0327
Télécopieur : 450 672-5448
Courriel : dominiqueetcompagnie@
editionsheritage.com
www.dominiqueetcompagnie.com

Imprimé au Canada

Nous reconnaissons l'aide financière
du gouvernement du Canada
par l'entremise du Fonds du livre
du Canada et par le Conseil des Arts
du Canada.

Nous reconnaissons l'aide financière
du gouvernement du Québec
par l'entremise du Programme
de crédit d'impôt – SODEC –
Programme d'aide à l'édition de livres.

Fiches pédagogiques des romans rouges

dominiqueetcompagnie.com/pedagogie
– des guides d'exploitation pédagogique pour l'enseignant(e)
– des fiches d'activités pour les élèves

Achevé d'imprimer en juillet 2013 sur les presses de
Imprimerie Payette & Simms inc.
à Saint-Lambert (Québec)